전 삼 혜

긴 우주를 넘어
당신에게 가는 길

나름에게 가는 길

나름에게 가는 길

전삼혜

위즈덤하우스

나는 직업이 두 개다. 첫 번째는 데브리 피커. 그리고 내 두 번째 직업은 우주의 나름을 처리하는 일이다. 우리는 농담으로 두 번째 직업을 우주의 퇴마사라고 부른다.

인류가 본격적으로 우주로 나간 지 100년 정도 후, 인류는 이 우주에 무언가 가득 차 있다는 것을 발견했다. 어떤 시기에는 그것을 암흑물질이라고 부르기도 했다. 그러나 암흑물질과는 별개로, 무언가가 존재했다. 그건 우주의 '나름'이었다.

우주 자체를 거대한 지적 생명체로
본다면 나름이 있는 것도 설명할 수 있었다.
그래서 한때 우주-지적생명체설이 강력한
지지를 받기도 했다. 그러나 그 가설은
곧 힘을 잃었다. 우주 곳곳에 흩어져 있는
나름들은 인간을 찾아오지도, 지구에 위해를
가하지도 않았기 때문이었다. 다시 말해
재미가 없었다. 그러나 그 가설은 이 우주에
신이 있다는 증거로 지금도 사용된다. 그리고
나는 신을 믿지 않지만, 우주의 나름은
믿는다. 왜냐면 내가 우주의 나름처리사이기
때문이다.

"양 하나만 그려줘."

우주 자체 말고, 우주 안에서 살고 있는
지적 생명체는 끝내 발견되지 않았다. 애초에
내 눈앞에서 《어린 왕자》의 대사를 읊는
이것은 생명체도 아니다. 데브리 수거 작업을

하던 내 앞에 반투명한 얼굴을 들이민 그것은 반복해서 말했다. 양 하나만 그려줘.

이 귀신 비슷한 것을 만들어낸 책임은 어느 정도는 지구에 있다. 지구에서 보낸 쓰레기의 산물이니까. 지구인들은 우주로 진출하면서 심심할 것을 극도로 두려워했다. 어마어마한 양의 정보를 아주 작은 메모리에 실어 우주를 탐험할 동안 영화와 소설과 게임과 백업된 방송 들을 즐기기를 원했다. 그리고 당연하게도 많은 우주 탐험이 실패로 끝났기 때문에 많은 메모리들이 우주선과 함께 산산조각 났다. 그 과정에서 우주의 나름이 산산조각 난 메모리 안의 '정보'를 받아들였다. 나름이라고 하니 굉장히 거창해 보이지만 나름처리사인 우리는 이것들을 귀신 비슷한 거라고 생각하고 있다. 아주 정확한 명칭은 우주구성물질비정형사념결합……

어쩌고였지만 그런 복잡한 이름은 나름처리사 시험을 보고 자격증을 딴 후 깡그리 잊어버렸다.

"양 하나만……."

"조용히 좀 해봐."

물론 이 녀석들은 내 말을 듣지 않는다. 스스로의 의지도 없고, 그저 정보와 사념의 결합체일 뿐이다. 모든 사념이 이렇게 귀찮아지는 것은 아니다. 어떤 사념들은 정보와 하나가 되는 것을 거부하고 질려 떠나갔다. 하지만 어떤 사념들은, 태어나자마자 사람 손에 길러져 자기가 사람인 줄 아는 개처럼, 정보와 자신을 동일시했다. 그렇게 사념이 스스로를 '오해'한 채 오랜 시간이 지나면 나름이 된다.

성가시다.

왜 성가시냐면, 이것들이 내 밥줄인

데브리에 자꾸 달라붙기 때문이다. 고물을 모아다 고물상에 팔아야 하는데 고물에 귀신이 달라붙은 꼴이다. 그런 괴담, 지구에 흔하지 않은가. 그런 것들은 잘 팔리지도 않는다. 이 우주에서도 어떤 사람들은 특정 현상에 대해 '재수 없다'는 생각을 가지고 일하고 있다. 그리고 그중 한 명이 내 고용주다.

아까 나를 우주의 퇴마사라고 했다. 나름처리사는 데브리에 들러붙은 나름들을 사라지게 하는 직업이다. 이때 사용하는 것은 논리다. 논리적으로 설득해 이것들을 소멸시키는 게 내 두 번째 직업이다. 나는 손을 휘적거리며 눈앞에 얼굴을 들이댄 나름에게 짜증을 냈다.

"닥쳐봐, 좀."

나름은 물끄러미 나를 바라보더니 말했다.

"이건 양이 아니라 염소잖아."

고장 난 녹음기, 귀신, 쓰레기에 달라붙은 유령 같으니라고. 정말 성가시다.

사실 나름이라는 것이 조용히 존재하기만 하면 문제가 될 일은 극히 적었다. 하지만 이 나름들은 스스로를 무엇이라고 정의해버리면 정말 그것이 된 것처럼 굴었다. 스스로를 개 떼라고 정의한 나름들이 자유 유영 중인 우주여행객을 공격해버린 사건이 있었다. 나름들에게 아무 질량도 없어서 스윽, 여행객을 통과해버린 것이 다행이었다. 하지만 여행객은 크게 놀랐다. 그래서 여행사에 막대한 손해배상을 청구했다. 이러한 사건이 한두 번이 아니게 되자 나름처리사라는 직업이 생겼다. 개 떼라는 나름을 처리해버리려면 그들에게 '너는 진짜 개가 아니야'라고 납득시켜주면 되었다.

우주과학자들과 심리학자와 동물 훈련사
들이 다 함께 머리를 싸매고 연구했다. 그들이
열심히 나름에게 습격당한 우주여행객들의
인터뷰를 분석한 결과, 답이 나오긴 했다.

"엄청 놀랐죠. 우주에 개가 있는데!
그것도 막 떼를 지어서 저한테 달려드는
거예요. 와, 정말 기절하는 줄 알았다니까요?
그런데 얘네가 우우 몰려오는데 저를 그냥
슥 통과해요. 그러더니 멀뚱멀뚱 저를 보다가
지네들끼리 다시 몰려오더라고요. 또 저를
통과해 갔죠. 그러더니 펑, 흩어져버렸어요."

나름이 우주여행객을 해치지 않는다는
것을 알게 되자 나름을 찾아 떠나는
여행객마저 생겼다. 우주선 창문을 통해
보거나 유영 중에 만나는 나름은 안전하다.
마치 스쿠버다이빙을 하다가 우연히 만난
열대어 같은 거다.

그러나 데브리에 붙은 나름들은 반드시 제거해야 할 대상이었다. 그건 작은 보트를 타고 항해하는 바다에서 만나는 세이렌 같은 존재였다. 암초가 아니라 세이렌이라고 하는 점은 놀랍게도, 시끄럽기 때문이다. 공기가 희박한 우주 공간에서 이것들은 사람의 머릿속으로 직접 음성을 전달한다. 정말 유령 같다는 게 나름처리사들의 불평이었다. 시끄러운 게 붙은 데브리는 결함품 취급을 받았다. 새 우주선에 데브리 조각으로 만든 타일을 깔았는데 타일이 시끄럽게 소리를 질러대면 그야 싫겠지. 이해한다. 그래서 나는 데브리에 붙은 이런 나름들을 설득해서 없애야 했다. 돈을 벌기 위해서.

"넌 어린 왕자가 아니야."

나름은 고개를 저었다. 자기가 어린 왕자라고 믿기 때문이었다.

하지만 나름의 한계는 명확하다. 자신이 습득한 지식 외에 다른 것을 창조해낼 수 없다. 나름은 자신이 있던 별과 여행한 곳들, 소설 《어린 왕자》 속의 명대사를 끝없이 중얼거리며 데브리 근처를 빙빙 돌았다. 희뿌연 홀로그램처럼 뒤에 수거하지 못한 쓰레기가 비쳐 보였다.

"나는 이번 주에 어린 왕자를 세 명이나 봤어. 그리고 모두 처리했지."

나는 일부러 내 목소리가 나에게라도 들리게 소리 내어 말했다. 연약한 나름들은 입을 벌려 말하는 사람만 봐도 자신이 사람이 아니라는 것을 알고 흩어졌다. 이번 나름은 그렇지 않은 것 같았지만. 나는 한숨을 푹 쉬고 자칭 '어린 왕자'에게 말했다.

"난 흩어질 기회를 줬어. 그러니까 내가 지금부터 뭘 해도 네가 상처받는 건 내 탓이 아니야.”

고작 먼지 뭉치 같은 것에 상처를
받는다는 표현을 사용해도 될지는 모르겠다.
이것은 나름처리사 교과서에 나오는
내용이다. 나름에게 먼저 ‘내 잘못이 아님’을
고지할 것. 최대한 예우를 갖추라는 말
같았다. 아니면 경고사격이거나. 나는 내
쪽으로만 보이게 작은 모니터를 띄워 ‘어린
왕자를 처리하는 논리’ 항목을 불러왔다.

“첫째, 네가 어린 왕자라면 너는 대체
얼마나 작은 별에 산 거지? 너는 의자에 앉아
노을을 봤다고 했어. 그 별에서 너는 어떻게
잤어? 밤과 낮과 해 지는 광경을 구별하면서?
책에 따르면 네 별은 침대 하나도 못 들어갈
수준인데.”

《어린 왕자》라는 책, 나름이 집착하는
논리이자 성서의 구조적 모순을 반박하면

나름은 힘을 잃었다. 파르르, 어린 왕자가
흔들렸다.

"양…… 한 마리……."

한 번에 사라져줬으면 좋을 텐데. 나는
이유를 더 대야 했다.

"둘째, 그토록 작은 별이라면
어마어마하게 단단하고 무거워. 장미는
어떻게 그 별에 뿌리를 내린 거지? 그
시끄럽고 가여운 아이가 네가 발 딛고 서는
행성에 살 수는 없어. 여기 봐. 이게 네
별이라고 주장하는 크기의 진짜 '별'이야. 해설
보이지? 장미는커녕 바오바브나무도 뿌리를
내릴 수 없어."

별은 수축하며 무거워지고 단단해진다.
나는 모니터의 방향을 돌려 어린 왕자가
산다는 고체 행성이 실제로 존재한다면
얼마나 단단할지 설명하는 영상을

보여주었다. 어린 왕자는 스크린이 지직거리듯 좌우로 한 번 크게 흔들렸다. 영상을 껐을 때, 어린 왕자는 많이 흐려져 있었다. 내가 사용하는 논리 모음집은 실제로 나름처리사가 픽션 속의 인물을 마주했을 때 항목을 추가하고 삭제해가며 만든 데이터베이스였다. 많은 추천을 받은 항목일수록 나름을 처리할 확률이 높았다.

그런데 1위와 2위로도 안 된다면 추천 수가 고만고만한 3위 항목 중 하나를 골라 쓰거나, 독자적 설득 방법에 나서야 했다.

독자적 설득이란 어렵다. 나만의 논리를 구축하고, 내가 믿고, 남을 설득해야 한다. 앨리스가 "너희들은 트럼프 카드일 뿐이야!"라고 말했을 때 트럼프 병정들이 카드로 변한 건 앨리스가 그 논리를 믿고, 트럼프 병정들도 믿었기 때문이라지. 나는

짐짓 다정하게 오른손을 내밀었다. 우주복을
입고 장갑을 낀 손. 그리고 그 손에 드라이버
하나를 쥐고 어린 왕자의 손에 천천히
통과시켰다.

"너는 뱀에 물릴 수 없어. 내 드라이버도
너를 통과하잖아."

어린 왕자의 눈에서 눈물이 떨어졌다.
소설 안에 어린 왕자가 우는 장면이 있던가.
나는 그 눈물이 있지도 않은 중력에 끌리듯
아래로 떨어지는 것을 보았다. 눈을 들었을
때, 어린 왕자라는 나름은 흩어져 있었다.
가짜 눈물이 떨어진 자리에는 아무것도 남지
않았다.

"이 방법은 확실하긴 하지만, 너무 기분이
나빠."

나는 중얼거렸다. 동정심을 보이면
안 된다. "잘 가, 어린 왕자"라고 감상에

젖어 중얼거렸다가 흩어진 나름이 다시
뭉친 사례가 있었다. 이미 나름처리사
자신이 그것을 '어린 왕자'라 인정해버려서
타인의 도움을 빌려 겨우 떼어냈다는
고생담은 나름처리사라면 누구나 알고 있는
이야기였다. 물리적으로 '너는 존재하지
않는다'는 선언이 통하면 대부분의 나름은
흩어진다. 보통은 거기까지 가지 않고, 말로
할 때 떨어져주기를 바랐다. 굿이나 퇴마나
엑소시즘은 최후의 수단이다. 부적이나
일대일 대화에서 사라져주면 거기까지 갈
필요도 없다.

"어쨌거나 이건 납품할 수 있겠다."

나는 내 우주선의 적재함을 열어
데브리를 넣었다.

데브리를 넣은 우주선을 몰며 나는
중얼거렸다.

"말씀이 육신이 되어 우리 안에 거하시매."

놀랍게도 우주에는 종이책이 종종
떠다녔다. 어떤 것은 외계에 지구의 문화를
전하겠답시고 민간단체가 쏘아 올린 소형
우주선에 담겨 있던 책이다. 정부는 그런 짓은
하지 않는다. 대부분 몰락했으니. 그런 마당에
민간단체가 만든 우주선인들 온전하겠는가.
멀리 지적 생명체를 찾아 떠난 책은, 우주선은
여기저기 흩어져 사라지고 보호 캡슐에 담겨
떠다니는 것을 내가 주워 왔다. 그리고 또
어떤 것은 일기장이다. 사진첩이고, 때로는
족보다. 인간이 자신의 뿌리를, 자신의 존재를
증명하고자 만들었던 기록들이 우주에 나와
쓰레기가 되었다.

그런 걸 주운 날은 기분이 별로 좋지 않다.
어느 쪽이든. 기껏 보호 캡슐을 끌어들여

해제하고 보니 종이책이었을 때의 기분이란.
아직도 지구에 종이라는 게 남아 있기는
할까? 지금 내가 들고 이리저리 넘기는 건
성경책이다. 지구의 베스트셀러 1위였던
만큼 데브리 중에서도 종이책 분야 1위를
차지할 수 있을 것 같았다. 실제로 내가
수거한 성경책만 지구에서 나온 개정판을
종류별로 쭉 늘어놓은 만큼은 될 거다.
흠정역, 개역개정판, 한글개정판, 라틴어,
영어, 독일어, 기타 등등 온 나라의 언어. 그걸
그대로 어딘가에 모아놨으면 그건 그 나름의
도서관이 되었겠지만.

　　"나름이 형체를 입어 우주 안에 거하시니."
　　나는 바꾸어 말하고 피식 웃었다.
종이책은 소각장 설비가 되어 있는 센터로
따로 가져가는 게 이 우주의 분리수거
법칙이었다. 작은 불꽃으로도 타버려서 아주

긴급한 상황에서도 화석연료로 쓰지 못하는
종이책이지만, 우주에는 안전한 불이라는 게
그렇게 흔하지가 않다. 의뢰인이 거주하는
센터로 가서 태워버릴 생각이었다.

이제 날아가자.

우주는 이상하다.

얼음도 불도 흔한데 이용할 수 없고,
나름들은 형체를 입어 돌아다니고, 사람들은
자신이 살던 지구를 떠나 희망을 품고 우주를
떠돈다. 단지 우주는 그 자리에서 열심히
팽창하고 있을 뿐인데 인간은 우주에 많은
걸 부여한다. 의미, 의미, 의미들. 의미들은
나름을 낳는다.

통신이 들어와 있었다. 나는 음성
통신기에 손을 뻗었다. 발신지는 지구.

지구에서 나에게 연락을 할 사람은 엄마

아니면 아빠였다.

"여보세요."

"시현이니?"

아빠였다. 나는 들리지 않게 마이크를 막고 한숨을 쉬었다.

"응. 무슨 일 생겼어?"

일 없으면 연락하지 말라는 나의 은근한 마음. 성인이 되어 집을 나온 지 이제 10년이 거의 다 되어간다. 별일 없이도 앤시블까지 써가며 전화하는 부모는, 내가 알기론 흔치 않다.

"일이야 없지, 뭐."

아빠는 언제나처럼 머뭇거렸다.

"알려줄 소식이 하나 있어서."

"뭔데."

소식이라.

"아영이 새 좌표를 찾았어."

아빠는 아직도 좌표에 매달리고 있다.

"그래?"

나는 일부러 심드렁하게 대답했다. 하지만 아빠는 말을 그만두지 않았다.

"상조 회사가 새롭게 추적 장치를 보내서 통신 두절 지점을 더 탐색했대."

나는 아빠의 말을 잘랐다.

"그래서 나보고 거기 가라는 거야?"

가느다란 통로만 구불구불 이어지는 소행성대에는 작은 우주선만이 진입할 수 있었다. 내가 타고 다니는 것처럼. 하지만 동시에 그곳은 작은 우주선들의 사고 다발 지역이었다. 좁고 위험한 골목길이었다. 좌표를 알아내고 굳이 나에게 연락을 할 정도라면 이미 알고 있을 텐데, 아빠는 왜 굳이 나에게 이런 말을 하는 걸까.

"아냐."

나는 눈썹을 치켜올렸다. 이건 평소의 아빠가 아니다. 작년과 재작년, 그 전해의 아빠는 내가 아영이를 찾으러 가기를 바랐는데.

"우리가 직접 가기로 했어. 그 근처 소행성대에 새로 우주정거장이 생겼대."

이건 더 위험한 일이다.

"너한테도 좌표 보내놓을게."

좌표가 날아왔다. 그리고 통신이 끊겼다.

나는 문득 아까 꿈에 등장한 내 동생을 떠올렸다.

꿈에서 아영이는 내가 기억하는 모습 그대로였다. 수직 침대를 이용해 서서 책장을 넘기고 있었다. 근육이 약해서 수직 침대가 없으면 오래 서 있는 걸 버티지 못하던 애였다. 그런데도 가끔 꼭 종이책을 읽고 싶다고 일어서서 책장을 만지작거렸다. 책은

앉아서도 읽을 수 있지 않냐고 하면 온몸으로
긴장을 느끼는 게 좋다고 멋쩍게 웃었다.
책장을 손가락으로 넘기면서 읽으면 속도를
조절할 수 있어서 탄력감이 느껴진다는 말도
했다.

손으로 만지고 다리로 긴장하고 등
근육을 느끼는 물질성이 좋다고 아영이는
말했다.

하루의 대부분을 침대에 누워 있으면
몸의 감각이 점점 사라지는 것 같다고도
말했다.

점점 내게서 고개를 돌리고, 사라져버릴까
봐 무섭다고 작게 중얼거렸다.

강연 중에야 한국어 명칭을 쓰지만

국제적으로 통용되는 명칭은 다르다. 우주 쓰레기의 국제적 명칭인 데브리라고 하는 것이 정석이다. 데브리 피커 외에도 몇 개의 민간 자격증이 나에게는 더 있다. 소형 데브리유도선운전 자격증, 데브리 소각 사업자 등록증, 데브리처리기능사 자격증. 그래도 가장 먼저 딴 자격증, 내 입에는 데브리 피커 자격증이 더 잘 달라붙긴 한다. 이건 내 첫 번째 직업이 되었다.

초보 데브리 피커 시절 그리고 내가 아직 데브리 피커가 되기 전, 우주 쓰레기는 그때까지만 해도 아주 많아서 지구 주변을 감싸는 막처럼 보였다. 영원히 사라지지 않을 것 같았다. 우주 쓰레기의 구성물은 주로 이런 것들이었다. 수명이 다한 위성, 함부로 쏘아 올린 사설 대기권 돌파 물체, 우주선에서 배출된 찌꺼기나 망가진 우주선의 파편.

비싼 금속들이 아낌없이 사용된 쓰레기가 우주에 그냥 떠돌게 두는 걸 가만히 보지 않는 사람들이 먼저 나섰다. 달 같은 위성에 거대한 용광로를 만들었다. 혹은 불타고 있는 항성의 열기를 직접 이용해 우주 쓰레기를 모으고 모은 다음 가까이 가져가 녹였다.

"금속 덩어리를 지고 불 속으로 뛰어드는 사업이죠."

어떤 사람들은 데브리 피커에 대해 그렇게 말했다. 많은 사람들이 그렇게 생각했을 거다. 우주에 나가본 사람이 많다고 한들, 일인용 우주선을 타고 우주에 쓰레기 수거를 하러 다녀본 사람은 적다. 그 사람들은 쓰레기를 줍는 데도 적법 항로, 안전 항로가 있다는 것을 모른다. 이 일이 때로 위험한 건 사실이지만 직접 용광로에 뛰어드는 무모한 일은 아닐 거라는 것도 몰랐다. 그래서 많은 사람이 이 사업이 금방 망할 거라고 생각했다.

그러나 사업은 날로 번창했다. 사업이
번창하면서 이 직업의 실종자, 사망자도
늘어났다. 모든 안전 법규는 피 위에 쓰인다고
했지. 안전 훈련, 사업 관련 법규가 생겼고
우주쓰레기처리사 자격증이 생겨났다.
차근차근 루트가 생겨났다.

'새별 상조 사건' 후에 우주재해법에 관련
항목이 한 줄 더 생긴 것처럼.

우리 가족과 아흔아홉 가족, 총 백 가족이
그 법안의 예시로 등록되었다.

"수고했어."

깔끔하게 처리한 보람이 있었다. 규격에
맞는 괜찮은 걸 가져왔다며 의뢰인이 예상한
것보다 대금을 조금 더 넣어주었다. 나름
처리비가 포함된 비용이리라 나는 생각했다.

일종의 굿 값인 거지. 나는 의뢰인의 거주 센터로 들어가 지친 몸을 의자에 누이고 음료 한 잔을 마셨다. 달짝지근하고 새콤했다. 인공 중력이 적용되는 이 센터에서는 액체를 바닥에 흘릴 수도 있다. 나는 조심해서 테이블 위에 잔을 내려놓았다. 의뢰인이 물었다.

"나름 또 붙어 있었어? 이번엔 뭐였어?"

나는 피식 웃었다. 의뢰인들은 종종 이런 걸 궁금해한다. 의뢰인의 일은 데브리를 주문하고 값을 쳐주는 일이다. 나처럼 자주 이동하고, 데브리를 찾아다니지는 않으니 그럴 수 있다. 조금 흥분된 듯한 의뢰인의 표정을 보며 나는 어깨를 으쓱했다.

"흔한 거였어요. 어린 왕자."

"또? 지겹겠네. 뭐 만나고 싶은 나름은 없어?"

"나름 안 붙은 데브리를 만나고 싶어요."

나는 짧게 대답하고 다시 음료를 마셨다.

의뢰인이 넌지시 내게 눈치를 주었다.

"분실물 수거는 아직도 생각 없어?"

"없다니까요."

"아, 왜! 분실물은 진짜 우주의
보물이라니까. 비싸기도 하고, 넌 감도 좋아서
데브리 위치도 딱딱 잘 찾는데 분실물 수거도
잘할 거라고!"

"크기가 달라요, 크기가. 분실물은
데브리에 비하면 우주왕복선 앞의 폭죽도 안
된다고요. 게다가 그거 대부분 나름 덩어리라
싫어요."

"그거 처리하겠다고 나름처리사 땄잖아."

의뢰인은 끈질겼다. 나랑 오래 거래한
사람이 왜 이럴까. 분실물은 우주에서
잃어버린 물건만 뜻하는 건 아니다. 어디
있는지 모르는 초소형 물체에 가깝다.

우주선 사고가 나면서 흩어진 유품일 때도 있지만 옛날 사람들이 쏘아 올린 타임캡슐일 때도 있다. 타임캡슐은 고고학적 가치도 엄청나다고 들었지만, 난 관심 없는 분야였다.

"저는 나름을 마주하는 게 싫어서 딴 거예요. 나름 있는 데 찾아가는 취미는 없어요."

"아쉽네. 마음 변하면 꼭 이야기하기다?"

나는 설레설레 고개를 젓고 의뢰인의 센터를 나섰다.

두서없이 불타는 많은 별들과 그 사이 떠다니는 데브리.

내가 잡아야 할 것은 별이 아니라 데브리다. 희망이 아니라 누더기다. 조종판 옆의 통신기를 켜자 '이런 데브리를 찾아서 가져다 달라'는 목록이 몇 개 있었다.

2210년대에 제작된 발사물 F모델의 날개,
엔진에서 발견되는 특정 희귀 금속, 판 형태의
금속 여러 장……. 급한 의뢰는 없었다. 나는
좀 자두기로 했다. 나에게는 두 팔다리를
뻗고 잘 수 있는 내 우주선이 있고 잠들기 전
근육 단련을 할 때 통증을 느끼며 개운해한다.
그러니까 나는 살아 있다. 살아 있으니까 잠이
든다.

잠이 들었다 눈을 떴을 때는 네 시간
정도가 지나 있었다. 아까 잔 세 시간과
합치면 하루에 충분한 수면을 취한 셈이었다.
새로 추가된 요청은 없었다. 이번에는 아무
꿈도 꾸지 않았다.

나는 식량을 우물거리며 달력을 불러왔다.

"지구 날짜로 지금이 몇 월이더라?"

5월이었다.

"어쩐지."

갑자기 의뢰인이 왜 분실물 타령을
했는지 짐작이 갔다.

10년쯤 전 6월 어느 날, 지구 사람들은
정말 멍청한 시도를 했다. 나름대로는
합리적인 시도였을지도 모르겠으나. 그 무렵
소형 발사체를 아주 싸게 대기권 밖으로 보낼
수 있는 기술이 발명되었다. 20대인 내가
태어나기 전부터 나온다 나온다 말만 많았던
게 실현되자 사람들은 온갖 것을 우주로
보냈다.

그중 하나가 유골이었다.

사람의 구성 물질이 별과 같고, 사람이
죽는 것을 은유로 '하늘의 별이 되었다'고
한다. 그래서 유골을 우주로 보내 안전하게,
언제든지 밤하늘에서 고인을 볼 수 있게
만들어주겠다는 업체가 나타났다. 업체는
자신들을 우주 상조라고 불렀다. 우주 상조는

지구에서 잘 보이는 화성 근처에 납골당을 지었으며 거기로 유골을 배달하겠다고 주장했다. 지금 생각하면 '세상에, 우주로 대체 뭘 날리는 거야?' 싶은 아이디어지만 지구에 있을 때의 나는 거기까지 생각하진 못했다. 아직 어리기도 했던 탓이다. 나와 우리 엄마와 아빠도 속아서, 아니, 속은 건 아니지만 결과적으로는 돈과 내 동생의 유골을 우주로 날려버렸다.

그것도 잘못된 곳에.

100명을 선발해 고인의 유골을 우주 납골당으로 보낸다는 게 '새별 상조'의 주장이었다. 하지만 화성까지 가기 전 우주선은 실종되어버렸다. 통신 두절. 대기권을 돌파해 위성 궤도를 벗어날 때까지만 해도 통신이 되었는데 갑자기 신호가 사라졌다고 상조 측은 발표했다.

많은 사람들이 모여서 조사한 결과는
그 시간대에 지나가던 데브리 궤도와 새별
상조가 쏘아 올린 우주선이 교차한다는
것. 다시 말해 우주 쓰레기에 부딪힌 작은
우주선이 망가지거나 부서져버렸을 거라는
이야기였다. 나는 그때 거대한 울음의
한복판에서 휴지를 챙기고 물을 챙기고
실신하는 사람들을 챙겼다. 이를 악물고
사람들 사이를 뛰었다. 엄마 아빠가 우는
동안.

　　그때가 6월이었고 100개의 유골을 가지고
모인 유족들을 모두 합하면 300명은 될
터였다. 유족이 아닌 구경꾼들까지 합치면 더
되었으리라. 그 많은 사람들의 염원을 싣고
우주선은 납골당을 향해 가다 실종되었다.
야심차게 한 달간 숙식을 제공하며 추적
루트를 실시간으로 제공하겠다던 상조 회사가

제일 먼저 당황했을 것이다.

자신들이 쏘아 올린 100개의 유골이,
유골이 담긴 우주선이 부유물들의 러시아워에
끼어들어버릴 줄은 아마 몰랐을 테니까.
몰랐을 거라고 믿고 싶다. 그 유족들 중 한
사람으로서.

당시 나는 열다섯 살이었고, 내 동생의
유골이 정말로 우주 공간에 가루가 되어
둥둥 떠다닌다는 게 어떤 의미인지 몰랐다.
의미란 사람이 만들기 나름이니, 엄마와
아빠가 떠올린 의미를 몰랐다고 하는 게
정확하겠다. 엄마와 아빠는 아주 나중에, 내가
우주로 나가기 위한 준비를 거의 다 갖췄을
때야 자신들의 심정에 대해 띄엄띄엄 말하기
시작했다.

아영이가 우주의 먼지가 되어버린 거야.

머물 곳도 없이 산산조각 사라진 거지.

우리는 이제 아영이를 어떻게 그리워해야
할지도 모르게 된 거야.

나는 사춘기였고 엄마와 아빠가
무너져버린 그해 여름은 두 사람을 업고 깊은
물속을 헤매는 것처럼 덥고 무거웠다. 그해
여름과 겨울이 지나고 나서야 상조 회사는
우주선이 마지막으로 신호를 보낸 위치를
공개했다. 덩치가 큰 수거선은 들어가기도
힘든, 실처럼 가느다란 루트가 이어져 있는
소행성대의 한복판이었다.

엄마와 아빠는 그때 나의 부모로
존재하기를 포기한 것만 같았다. 아영이의
몇 안 되는 유품을 껴안고 하루 종일 검색만
해댔다. 나는 말릴 수 없었다. 의연하게 혼자
설 어른이기에는 아직 부족했지만 나를

봐달라고 응석을 부리기에는 이미 커 있었다. 집안의 얼마 안 되는 재산은 그렇게 조각조각 나 흩어졌다. 나는 음울한 하늘 아래 서서 종종 되뇌었다. 나는 어른이 되면 우주로 갈 거야. 아영이가 살던 이곳을 벗어날 거야. 엄마와 아빠를 떠날 거야. 하지만 내가 미처 인정하고 싶지 않아서 마주 보지 못한 부분이 있었다. 나 역시 아영이가 그리웠다. 엄마와 아빠를 향한 작고 꾸준한 미움 안에 그것은 늘 내 마음 가장 구석진 곳에 잠들어 있었다. 그해와 몇 해가 그렇게 지나갔다.

그래서 사람들은 5월이 되면 나 같은 데브리 피커에게 예약을 한다. 처리가 아니라 수색해달라는 예약이라는 점이 내 직업의 본질과 조금 어긋나긴 한다. 하지만 돈이 된다. 의뢰인도 아마 중개비를 받고 나에게 일을 알선해주려는 생각이었을 거다. 유골을 찾는 사람들은 10년이 넘도록 희망을 놓지 않았다. 지구를 떠나 우주 도시 이곳저곳으로 흩어진 그때의 300명은 아직도 데브리 피커 모집 게시판에 글을 올린다. 보호 캡슐에 새겼던 말, 보호 캡슐의 특징, 보호 캡슐 안에 넣었던 물건들. 발견하면 사례하겠다는 문구는 빠지지 않는다. 일을 맡기는 것 자체도 돈이 들지만 사례금은 별도다.

물론 이 일에 즐겁게 뛰어드는 데브리 피커들도 있다. 악질 데브리 피커들은 유품을 담보로 잡고 추가 의뢰비를 더 뜯어내기도 한다는 소문이 떠돌았다. 하지만 지난 5월에도 나는 예약을 받지 않았다. 올해도 예약을 받지 않을 생각이었다.

나는 데브리 피커인 동시에 나름처리사다. 나는 나름 덩어리가 싫고, 유골은 정말이지 나름 덩어리 그 자체다.

강연 스케줄이 하나 들어와 있었다. 앤시블을 이용한 실시간 통신 강의였다. 이 우주에서 떠다니며 딜레이 없이 강연을 할 수 있는 건 다 앤시블 덕이다.

지구인들은 정말 많은 걸 해냈다. 비록 내가 오르트구름까지는 못 가봤지만 옛날 화성에도 겨우 착륙하던 인간들보다는 훨씬 멀리 나와 있을 텐데, 그 시기의 인간들은 상상보다 멀리까지 쓰레기를 쏘아 보냈다. 쓰레기들은 다른 별의 중력에 걸리지 않으면 아주 작은 추진력만 있어도 멀리까지 날아갔다. 지구인들이 우주를 혼자 쓰는 것처럼 쓰레기를 버렸다. 너무 지구만 욕하는 거 아니냐고 할까 봐 미리 밝힌다. 나도 지구인이다.

2000년부터 2100년대까지 우주 관련 산업은 많은 발전을 했다. 전 세계에서 인터넷을 할 수 있도록 기업이 수천 개의 인공위성을 하늘로 띄우던 시절. 난민들이 전쟁터에서 그 인터넷 신호를 잡아 현지의 상황을 알리던 시절. 그리고 천문학자들이 관측을 하려고 하면 인공위성이 구름 떼처럼 관찰 대상을 가려버리던 시절. 그 인터넷 위성이 고장 나면 사람이 가서 고치던 시절. 앤시블도 그 통신위성의 발전판인 셈이다. 그로부터 100년이 흘러 우주는 그 시절의 발명품을 앤시블 말고는 다 쓰레기로 만들어버렸다.

강연 시간이 되자 나는 카메라를 켰다.

"여러분, 안녕하세요. 반갑습니다. 저는 강시현입니다."

마이크는 이상 없이 잘 작동한다.

"제 직업이 흥미롭다는 학생들이 많아서 오늘도 이렇게 강연을 하게 되었네요. 저는 지금 우주에 나와 있습니다. 제 우주선은 그렇게 넓지 않아서 소리가 좀 울릴 수도 있으니 이해해주세요. 다들 어디에 계신가요? 문자 채팅창에 질문을 하시면 답변해드릴게요."

지구는 이미 반쯤 망했으니 지구와 채팅을 하는 경우는 드물다. 뭐, 아이들 대상으로 강연을 하니 지구에 있는 아이들도 내 이야기를 듣긴 하겠지. 주로 여기저기 떠 있는 콜로니의 대형 민간인 구역 아이들이 내 강연의 청취자가 된다. 강연을 해서 돈도 번다. 솔직히 내 직업으로 버는 돈이 그렇게 많지 않아서 강연이 반쯤 부업이 되었다.

내 첫 번째 직업은 데브리 피커, 강연 때 쓰는 명칭은 우주 쓰레기 청소부다.

아이들의 꿈은 여전히 우주 곳곳을 자유롭게 다니는 것이다. 내가 어릴 때 지구의 곳곳을 다니고 싶어 했듯이. 지구에 있는 아이들도 우주를 꿈꾸고 우주에 있는 아이들도 우주를 꿈꾼다.

우주에 나가는 것이 꿈인 아이들은 '우주 쓰레기 청소부'라는 내 직업에 많은 관심을 보였다. 정확히는 데브리가 나타나면 자석을 던지고, 데브리에 붙은 자석을 끌어당겨 수거한 다음 일정 구역에 던져 넣는 직업일 뿐인데도 아이들은 내가 최초로 달에 간 사람이나 된 것처럼 환호했다. 그래. 천체물리학자나 외행성 지질학자보다야 우주 쓰레기가 더 재밌어 보이는 건 사실이다.

"최초의 우주 쓰레기는 뭔가요?"

오늘도 어김없이, 흔한 질문이 들어왔다.

가장 많이 듣는 질문 열 가지를 꼽자면 저 질문은 세 번째 정도다. 최초의 우주 쓰레기가 뭘까? 내 첫 번째 직업의 윤리 지침서에는 이러한 질문에는 어떻게 대답해야 한다고 모범 답안이 적혀 있다. 하지만 나는 그 모범 답안을 잘 지키지 않는다. 모범 답안은 아마도 '인공위성의 잔해'였던 것 같다. 그렇지만 나는 그 말을 믿지 않아서 다른 대답을 한다.

"아마 1977년 보이저 1호에 실려 발사된 골든 레코드일 겁니다."

나는 이렇게 대답하고, 곧 저쪽에서는 골든 레코드가 무엇인지 검색하는 소리가 들린다. 가끔 인공지능에게 묻는 소리도 들리고 입력기 두드리는 소리도 들린다. 결과가 나올 때까지 짤막한 시간이 흐르는 동안 침묵이 우리 사이를 메운다. 나는 그제야 느릿느릿 직업 윤리 지침서를 찾으며 앤시블에 대고 말한다.

"농담이에요. 사실은 말이죠."

골든 레코드는 지구 밖의 지성체를

찾기 위해, 지구에 지성을 가진 생명체가 있다고 사진과 수학과 음악 등등을 담아 보낸 레코드다. 그것이 1977년 보이저호를 발사한 인간들의 인식을 그대로 담고 있다는 점에서 사실상 쓰레기가 맞지 않나? 그 당시는 대한민국에서 대통령이 일인 독재를 하던 유신 체제였으며 최초의 완전 동작 우주왕복선은 발사되지도 않은 때였다. 그래서 골든 레코드가 발사된 지 100년 후에는 '인간중심주의적 발상에서 시작된 골든 레코드를 회수하자'는 운동이 벌어지기도 했다. 그 운동도 이제 옛날이야기다. 운동은 시작되었지만 정작 회수선을 만들 자금이 모이지 않아 흐지부지되었다. 대신 2200년대에 새 골든 레코드를 발사했다던가. 지구 정규교육은 필수 이수까지만 들어서 세세한 우주와 인권

분야는 기억이 나지 않는다.

강연을 마칠 시간이 얼마나 남았나 곁눈질하던 때, 질문이 들어왔다는 알림이 깜박였다. 나는 질문 쪽지를 열었다.

"나름처리사라는 직업은 무슨 일을 하는 건가요?"

웬일일까. 내가 강의에서 종종 내 두 번째 직업을 언급하긴 하지만 관객들은 그 직업을 대수롭지 않게 흘려 넘기는 경우가 대부분이었다. 나름처리사의 '나름'이라는 단어부터가 머리 아프다는 사람도 있었다. 나는 질문을 읽고 헛기침을 했다. 가장 간단하고 원론적인 대답만 하면 되겠지.

"제 두 번째 직업인 나름처리사가 뭐냐는 질문이 들어왔네요. 나름이라는 건, 비물질 데브리를 이야기하는 거예요. 우주에 오래 머무는 비물질 데브리들은 종종 유령처럼

변하곤 하는데, 이걸 나름이라고 해요. 별다른
해를 입히는 건 아니지만 우주를 여행하거나
개발하는 입장에서 보면 난처한 경우가
많아서요."

다시 질문이 들어왔다.

"간절히 원하면 나름을 만들 수도 있나요?"

나는 눈을 가늘게 떴다. 나름에 대해
이해하는 사람은 많지 않다. 나는 이번
강의에서 비물질 데브리라는 개념을 자세히
설명하지 않았다. 그렇다면 이 아이는 무슨
이유에서든 나름에 대해 스스로 공부했고,
나름처리사인 나를 알고, 이 강의를 듣고,
질문한 거였다.

나름을 만들어내는 것은 많은 사람이
꿈꾸던 일이었다.

하지만 나는 그 일을 추천하지 않는다.
이 질문은 우주 쓰레기 청소부로 강연을

하고 있는 내가 대답하기엔 적합하지 않은 질문이었다.

질문을 못 받은 척, 나는 마무리 인사를 했다.

"오늘 강연은 이것으로 마치겠습니다. 여러분, 나중에 좋은 곳에서 또 만나요."

엄마 아빠를 그날에 붙잡아놓은 채 시간은 흘렀다. 아영이는 여전히 우주를 떠돌고 있었고 나는 성년이 되었다. 나는 지구를 떠나고 싶었다. 우주로 가서 직업을 찾을 거라고 말하며 엄마 아빠에게 내가 그때까지 모았던 돈을 내밀었다. "이 돈 가지고 엄마랑 아빠도 콜로니로 가. 보상금도 받았고, 우선권도 있잖아."

하지만 엄마와 아빠는 동생이 살았던
곳이라며 무너져가는 모래성을 붙잡듯 지구를
붙잡았다.

"어떻게 그래. 여기가…… 너랑 넷이
살았던 유일한 곳인데."

그 유일한 곳은 이미 덧대고 덧대진
차폐막에 본래의 모습을 잃어버렸는데도.
아영이가 다니던 병원, 가끔 햇볕을 쐬던 인공
정원, 그런 것들이 차례로 문을 닫고 시설은
우주로 옮겨가는데도.

나는 엄마 아빠를 설득하려고 애썼다.
하지만 모두 거절당했다. 설득을 포기하고
내 방으로 가 게시판에 접속했다. 그날 새별
상조를 이용한 사람들이 모인 게시판. 유가족
게시판이라고 해야 할까. 게시판에서는
한창 지구를 떠난다는 한 유가족에 대한
이야기가 진행 중이었다. 주된 이야기는

성토와 이해였다. 당신들은 어떻게 할
거냐는 질문에는 여러 개의 댓글이 달려
있었다. 지구를 떠난다는 사람이 반, 떠나지
않는다는 사람이 반이었다. 어떤 사람들은
엄마 아빠와 같은 이유를 댔다. 이해할 수
있었다. 어떤 사람들은 언제까지나 지구에
묶여서 기다리기만 할 수는 없다고 했다. 나는
그것도 이해할 수 있었다. 솔직히 말하자면,
나는 기다리는 것도 찾아 나서는 것도 싫었다.
그냥 지구를 떠나고 싶었다. 나와 같은 생각을
가진 사람이 아주 없지는 않았으리라고
나는 지금도 생각한다. 차마 그 게시판에
글을 쓰지는 못했더라도. 내가 몇 번이고
글쓰기 버튼에 커서를 댔다가 치웠던 것처럼,
누군가는 마음속에서 '벗어나고 싶다'는 말을
삼키고 또 삼켰으리라 짐작을 한다.

그게 나처럼 여기저기 떠돌아다니는 삶은

아니라 해도.

　　우주로 나와서 나는 더 많은 것을 배웠다.
지구에선 부모님 눈치가 보여서 차마 오래
다니지 못한 심리 상담도 받았다. 그때 많은
성인들이 집을 떠나는 꿈을 꾼다는 것을 알고
안심했다. 집과 가족으로부터 물질적으로든
심리적으로든 독립하는 것이 성인이 되는
길이라고 심리상담사는 나에게 말했다.

　　그러면 독립하지 못하고 죽은 사람들은
어떻게 되나요, 라고 나는 묻지 않았다. 나름
이론은 그때 이미 어느 정도 퍼져 있었고 나도
그 이론을 알고 있기 때문이었다.

　　아빠는 아영이를 찾기를 바란다. 하지만
아빠가 원하는 것이 단순히 아영이의 유품을
되찾는 것일 리는 없다. 유품은 원래의 그
사람을 간절히 떠올리게 만든다. 유품을

찾으러 간다는 것은 그래서 위험하다. 유품은 필연적으로 나름을 만든다. 만들고야 만다.

아빠가 그걸 모를 리가 없다.

만약 내가 아영이의 유품을 알아본다면 어떻게 될까. 간단하다. 나는 그것에서 아영이의 흔적을 발견할 거다. 아끼던 동생이 사용하던 물건들을 마주했을 때 어떻게 동생을 떠올리지 않을 수 있을까. 그 순간 나는 이 우주에 존재하던 아영이의 파편들을 모아 내 동생이라는 유령을 만들고야 말 것이다. 부모님에게 이 말을 하면 그런 게 아니라고 할 걸 알고 있다. 단지 아영이의 유품만이라도 찾고 싶은 거라고 할 거다. 그것이 진실이라고 스스로 믿고 있으니까. 하지만 사람은 때때로 자신이 생각하지도 못한 것을 바라고야 만다.

간절히 원하면 이루어진다는 말.

그 말은 나름을 일종의 모양으로 만든다.

원숭이 손 이야기를 들어본 적 있다.

"아들이 전쟁터에서 전사한 부부가 있었지. 부부는 원숭이 손에 소원을 빌었던가? 아들이 집으로 돌아오게 해달라고."

내 우주선에 있는 기록 장치를 잘 뒤지면 옛날 책 하나쯤 튀어나올지도 모르겠다. 내가 기억하기로 그 이야기는 배드 엔딩이었다.

유품으로 사람을 만들려는 시도는 아주 옛날, 지구에서부터 있었다. 당연히 모두 실패했다. 시간을 역행하고 엔트로피를 거슬러 썩어가는 몸을 다시 산 몸으로 바꾸는 일은 불가능했다. 사람들은 홀로그램이며 가상현실 등 죽은 사람을 복원하려 갖은 애를 썼다. 그것처럼, 간절히 원해서 나름을 원하는 모양으로 만들려는 사람들도 있었다. 일종의 생명을 창조하듯이. 잃어버린 존재들을 나름으로 만들겠다는 사람들은 많았다.

그러나 그 나름이 일종의 재생 장치,
그것도 아주 불안정한 재생 장치라는 것을
알고는 대부분 포기해버렸다. 물론 포기하지
않는 사람도 있지. 나 같은 경우엔 그게 운
없게도 우리 엄마와 아빠다.

나름은 이 우주에서 그런 식으로
작동하지 않는다. 나름처리사는 말 그대로
나름을 처리할 뿐, 창조할 수 없다. 나는
불완전한 아영이를 만들어내고 싶지 않다.

선우 언니에게 앤시블 통화를 요청했다.
선우 언니는 나와 같은 나름처리사다.
나보다는 훨씬 일찍 나름처리사가
되어서 아주 멀리 나가 있다. 앤시블의
통화권역에서도 외곽에 속하는 구역이다.
"웬일이야?"

선우 언니가 있는 곳은 영상통화가 잘 되지 않는다. 나는 내 복잡한 표정을 선우 언니가 보지 못해서 다행이라고 생각했다.

울기 직전의 표정은 누구에게도 보여주고 싶지 않다.

"아빠에게서 연락이 왔어."

잠시의 침묵. 선우 언니는 내가 말하지 않은 용건을 알아차렸다.

"좌표가 갱신된 모양이네."

"응."

선우 언니의 말투는 담담했다.

선우 언니를 처음 만난 건 지구에서였다. 새별 상조의 유가족 모임. 그 6월에 항의 기자회견장에 나온 사람들은 몇몇을 빼면 넋이 나가 있다시피 했다. 나는 그 사이를 뛰어다니며 물을 나르고 실신하는 사람들을

돌보고 울부짖는 사람들에게 산소 캔을
대주었다.

　그 사이에 선우 언니가 있었다. 모든 걸
놓아버린 듯한 멍한 표정으로. 여기 하나
쓰세요, 라며 산소캔을 건넸을 때 희미하게
웃던 선우 언니를 나는 아직 기억하고 있다.
괜찮아요, 아직 어려 보이는데 고생이 많네요,
하며 내 손을 잡던 것도.

　울고 있는 엄마와 아빠보다 더 믿을 만한
사람을 만났다고 생각했다.

　항의가 끝나고 모두들 흩어지던 때, 선우
언니는 다시 나를 찾아왔다. 이제 어떻게
할 건가요. 그런 걸 내게 물어준 유일한
사람이었다. 나는 모르겠다고 했다. 음료수
캔을 아까의 보답이라고 하며 건네주고
선우 언니는 자기 연락처를 내 단말기에
입력해주었다. 동생 같아서 그런다고, 힘들면

언제든 연락하라고 했다. 그 동생이 선우

언니가 잃어버린 대상이었다.

선우 언니는 가장 먼저 지구를 떠난

사람들 중 하나였다. 상조 회사가 계속 좌표를

추적하겠다는 의지를 내놓았음에도 자신들은

지구를 떠날 거라고 몇몇이 게시판에 글을

올렸다.

나는 처음에는 선우 언니가 도망친다고

생각했다.

이제는 안다.

도망은 때로 나쁜 일이 아니라는 것을.

선우 언니는 앤시블 너머로 나에게

물었다.

"찾으러 갈 거야?"

나는 대답했다.

"가야 한다고 생각해."

나름처리사인 선우 언니에게는 말할 수 있었다.

"아영이의 나름을 내가 먼저 없애야 할 것 같아."

"그럴 수 있지."

무심한 듯 단단한 말이었다.

"언니도 그러려고 한 적 있어?"

선우 언니는 잠시 침묵했다. 잡음조차 오가지 않을 만큼 먼 거리. 깨끗한 침묵이 오간 후에 선우 언니는 음성을 건넸다.

"너처럼 지구 가까이에 있을 때는 그랬어. 우리 엄마랑 아빠가 나름을 만들려고 했거든."

나름을 만들려는 사람은 모두가 불행해진다.

나름은 까탈스러워서 주기적으로 관측해줘야 한다. 그리고 관측자가 나름에

몰입하면 몰입할수록 더 정교해진다. 비록 산 사람처럼 말하고 행동하는 것처럼 보일지라도 그건 생전의 데이터에 기반했을 뿐 더 이상 스스로 무언가를 만들어내지도 못하는 유령인데도, 사람들은 자신들이 살리려던 그것이라 믿고 살았다. 무가치한 일이다. 이곳의 유령과 지구에서 시도하던 홀로그램, 가상현실이 다른 단 한 가지가 있다면 이 유령들에게는 디지털 탯줄이 없다는 것 정도다. 그것이 무엇이기에 그리 중요할까. 아니, 아니다. 나도 알고 있다. 선지자가 고향에서 환영받지 못하듯이, 신이 인간의 생식 활동을 통해 만든 존재가 아니어야 하듯이, 스스로 생겨난 것처럼 보이는 유령들이라면 자신들의 곁에 영원히 있을 거라 생각하겠지.

"선우 언니네 엄마랑 아빠는 성공했지."

"응."

선우 언니가 덧붙였다.

"그래서 나름을 껴안고 살려고 하다가,
사고로 돌아가셨지."

나는 고개를 돌리고 길게 숨을 내쉬었다.

나름은 원하는 대로 작동하는 편리한
로봇이 아니었다. 그렇기에 어떤 사람들은
나름에 더 매달렸다. 살아 움직이던 존재와
같을 거라고. 그러나 죽은 사람이 어떤 기록을
남겼는지에 따라 나름은 달라졌다.

선우 언니의 동생은 동급생의 괴롭힘에
시달리다가 스스로 목숨을 놓아버렸다.

남겨진 유품인 일기장에는 원망과 증오가
녹아 있었다. 아니, 그것뿐이었다면 선우
언니의 부모님은 나름을 괴롭혔던 아이들을

미워하며 좀 더 오래 살아갈 수 있었을지도
모른다.

일기장에는 스스로에 대한 원망과 증오가
더 깊이 남아 있었다. 괴로움에 맞서지 못한,
이겨내지 못하는 자신에 대한 자책. 부모님과
선우 언니와 자신을 괴롭힌 동급생에 대한
이야기는 차라리 뒷전이었다.

선우 언니의 부모님은 알면서도 나름을
만들고자 했다. 사설 데브리 피커를 고용하기
위해 빚을 끌어다 써서 우주로 나갔다.
허튼소리를 하는 엉터리 학자들과 몇 안 되는
증언들을 끌어모아 나름을 만드는 연금술을
시도했다. 그때의 부모님은 선우 언니가 말릴
수조차 없었다고 했다. 돈과 시간을 들여 만든
나름은 희뿌옇게 일렁거리며 우주 공간에
작게 웅크리고 있었다고 선우 언니는 모든
일이 끝나고 나서 게시판에 기록했다.

한 명이라도 더 헛된 시도를 그만두게
하기 위해.

　나름은 웅크리고 공중에 떠다니며
아무에게도 눈길을 주지 않았다. 나름에게도
본성이 있다면 관심을 갈구하는 것이 그
본성이겠으나 나름은 모두를 외면했다.
외면함으로 부모님의 관심을 받았을지도
모르겠다. 그러나 나름은 부모님이 결코
가닿을 수 없는 말만을 반복했다.
　자신이 밉고 미워 견딜 수가 없다고.
　자신은 다시 태어나는 일 따위 하지 않을
거라고.
　우주의 허깨비로나마 자식을 다시
태어나게 한 부모님에게 그건 어떤
의미였을까.
　차라리 자신을 왜 살려냈냐고, 자신을

괴롭혔던 사람들을 전부 괴롭혀달라고
소리 지르고 날뛰는 나름이었다면 선우
언니의 부모님은 기꺼이 그 분노를
받아들이고 어쩌면 동참했을 것이다. 하지만
죽음의 문턱까지 가고, 그 문턱을 넘은 사람의
자신을 향한 분노는 진공에 가까운 우주
공간에서도 너무나 짙고 모든 것을 밀어내는
무언가였다.

　　선우 언니네 부모님도 나름을 만들자마자
게시판에 기록을 남겼다. 첫 번째 기록은
드디어 아이를 살려냈다는 기쁨이었다. 많은
유족들이 환호했다. 그러나 두 번째 기록은
자신들이 어떻게 해야 할지 알 수가 없다는
절망이었다. 세 번째 기록은 후회였다. 네
번째 기록부터는 이해할 수 없는 말들이
가득했다. 끊임없이 나름으로 다시 생겨난
자신을 부정하는 선우 언니의 동생 곁에서,

선우 언니의 부모님 역시 자신을 잃어버리고 있었다.

선우 언니는 자신의 부모님이 사고로 죽었다고 하지만, 어떤 사고인지는 밝히지 않았다.

하지만 만약, 나름이 자신은 행복하고 이제 괴롭지 않다고 웃으며 선우 언니의 부모님에게 손을 뻗었다 한들 결과가 달라졌을까. 나름은 날음에서 변한 말이다. 자신 나름대로 형태를 유지하지만 허공에 떠 자유롭게 날 수조차 없는 것. 낱낱이 흩어질 준비를 하고 생겨난 것. 만들지 말았어야 했다.

어쩌면 나는 두려운 걸지도 모른다. 아영이가 남긴 기록은 빠짐없이 모두 읽었다. 우주로 날린 캡슐에 어떤 말들이 들어 있는지는 모두 내 머릿속에 저장되어 있다. 내가 알던 아영이는 밝고 착한 아이만은 아니었다. 자신을 원망하기도 했고 나와 부모님을 원망하기도 했다. 그런 기록들을 바탕으로 나름이 만들어진다면 어떤 나름이 될까.

나와 부모님을 원망하는 나름 쪽이 진실일까. 자신을 원망하는 쪽이 진실일까. 아니면 행복해하는 나름이 진실일까. 우리는 유품의 구석구석을 알고 있는데, 실제의 아영이는 그보다 훨씬 넓고 크고 다양하게 물결치는 사람이었다. 유품이 담아낸 기록은 단편에 불과하다.

그렇다면 아영이의 나름을 만드는 일이 죽은 아영이 자신에겐 대체 무엇이 될까.

"우리 아빠도 그러려고 해."

선우 언니와의 통화에 침묵이 자주
끼어들었다. 선우 언니의 숨소리가 몇 번
들렸다. 선우 언니는 내 숨만큼 긴 망설임
끝에 답을 내놓았다.

"네가 막아줘."

나름들은 영원하지 않다. 나름들은
오랜 시간 인지하지 않으면 사라져버린다.
실제로 장기 관측 결과 존재하던 나름들이
저절로 사라진 사례도 발견되었다. 나름이
장거리를 이동한다는 설도 제시되었으나 곧
사라졌다. 나도 나름이 이동한다는 이야기는
믿지 않았다. 나름은 관측된 자리에서 버티며
관측자를 기다리니까. 자신을 무엇이라고
인정해주기를 기다리니까. 나름은 관측자의
관심이 없으면 언젠가 사라진다. 내가
아까 어린 왕자를 파훼하지 않고 그냥

지나쳤더라도 어린 왕자는 언젠가 사라졌을 것이다. 하지만 그건 돌이 풍화 침식을 겪어 가루가 될 것이라고 도로 한가운데에 굴러다니는 자갈들을 방치하는 것처럼 위험한 일이다.

선우 언니에게 알았다고 대답하고 통화를 끊었다. 잠시 후, 문자로 된 메시지가 도착했다.

나는 화면에 뜬 단정한 문자들을 물끄러미 들여다보았다.

"너무 원망하지는 않았으면 해."

원망하지는 않는다.

다만 아빠와 나의 추모 방식이 다를 뿐이다. 나는 아영이가 그런 식으로 재생되는 것을 원하지 않는다.

환생할 수도 없고 허공에서 떠돌다
사라질 뿐이라면 넓도 한도 없는 곳에서
흩어지기를. 흩어져서 무엇도 아니게 되기를.
아파하는 것은 마음으로 충분하니 아영이
너는 너라고 부를 수도 없는 곳으로 가기를.

그렇게 바랄 뿐이다.

우리는 다를 뿐이다.

나는 아빠가 알려준 좌표를 입력하고
내 우주선이 가야 할 길을 물끄러미 보았다.
자동항법장치 안의 길. 길은 부담스럽게도
열려 있었다. 유품 지대까지 가는 길이
웬일로 훤히 트인 시기였다. 보통은 우주
어디선가 나타난 방해물들이 제멋대로 길을
가로막는데도. 한 달여의 시간 동안 길에
끼어들 만한 방해물도 없다고 자동항법장치는
답을 내놓았다.

정말 그곳에 아영이가 있을까. 있기를
바라는 마음과 없기를 바라는 마음이 내
안에서 충돌했다. 하지만 가야 한다. 아영이의
나름을 만들기 위해. 그리고 내 손으로 없애기
위해.

우주선의 항로를 맞추었다.

작가의 말

　'우주의 쓰레기 청소부'와 '애도'에서
출발한 이야기입니다. 사람의 마음에도
때때로 정리가 필요한 때가 옵니다. 기억하고
싶고 영원히 간직하고 싶지만 우리의 마음은
우리가 닿을 수 있는 우주처럼 한계가 있어서,
언젠가 비워내야 한다는 생각을 합니다.

　사랑하는 무언가를 잃고, 잃었던 사실을
잊는 것을 괴로워하고 자책하는 사람을
보았습니다. 그 사람에게 위로의 말을 건네고
싶었습니다.

잊어야 한다와 잊지 말아야 한다를
타인이 재단하긴 어렵겠지요. 그러나 이 글을
읽는 당신이 그저 평안하시기를. 당신의 삶이
계속 이어지기를…….

2024년 1월

전삼혜

- 48

나름에게 가는 길

초판 1쇄 인쇄 2024년 2월 1일
초판 1쇄 발행 2024년 2월 21일

지은이 전삼혜
펴낸이 이승현

출판2 본부장 박태근
스토리 독자 팀장 김소연
편집 곽선희 김해지 이은정 조은혜
디자인 이세호

펴낸곳 ㈜위즈덤하우스 **출판등록** 2000년 5월 23일 제13-1071호
주소 서울특별시 마포구 양화로 19 합정오피스빌딩 17층
전화 02) 2179-5600 **홈페이지** www.wisdomhouse.co.kr

ISBN 979-11-6812-749-4 04810
       979-11-6812-700-5 (세트)

값 13,000원

한 조각의 문학, 위픽 wefic